기획의 말

그리운 마음일 때 'I Miss You'라고 하는 것은 '내게서 당신이 빠져 있기(miss) 때문에 나는 충분한 존재가 될 수 없다'는 뜻이라는 게 소설가 쓰시마 유코의 아름다운 해석이다. 현재의 세계에는 틀림없이 결여가 있어서 우리는 언제나 무언가를 그리워한다. 한때 우리를 벅차게 했으나 이제는 읽을 수 없게 된 옛날의 시집을 되살리는 작업 또한 그 그리움의 일이다. 어떤 시집이 빠져 있는 한, 우리의 시는 충분해질 수 없다.

더 나아가 옛 시집을 복간하는 일은 한국 시문학사의 역동성이 드러나는 장을 여는 일이 될 수도 있다. 하나의 새로운 예술작품이 창조될 때 일어나는 일은 과거에 있었던 모든 예술작품에도 동시에 일어난다는 것이 시인 엘리엇의 오래된 말이다. 과거가 이룩해놓은 질서는 현재의 성취에 영향받아 다시 배치된다는 것이다. 우리는 현재의 빛에 의지해 어떤 과거를 선택할 것인가. 그렇게 시사(詩史)는 되돌아보며 전진한다.

이 일들을 문학동네는 이미 한 적이 있다. 1996년 11월 황동규, 마종기, 강은교의 청년기 시집들을 복간하며 '포에지 2000' 시리즈가 시작됐다. "생이 덧없고 힘겨울 때 이따금 가슴으로 암송했던 시들, 이미 절판되어 오래된 명성으로만 만날 수 있었던 시들, 동시대를 대표하는 시인들의 젊은 날의 아름다운 연가(戀歌)가 여기 되살아납니다." 당시로서는 드물고 귀했던 그 일을 우리는 이제 다시 시작해보려 한다.

기획의 말

그리운 마음일 때 'I Miss You'라고 하는 것은 '내게서 당신이 빠져 있기(miss) 때문에 나는 충분한 존재가 될 수 없다'는 뜻이라는 게 소설가 쓰시마 유코의 아름다운 해석이다. 현재의 세계에는 틀림없이 결여가 있어서 우리는 언제나 무언가를 그리워한다. 한때 우리를 벅차게 했으나 이제는 읽을 수 없게 된 옛날의 시집을 되살리는 작업 또한 그 그리움의 일이다. 어떤 시집이 빠져 있는 한, 우리의 시는 충분해질 수 없다.

더 나아가 옛 시집을 복간하는 일은 한국 시문학사의 역동성이 드러나는 장을 여는 일이 될 수도 있다. 하나의 새로운 예술작품이 창조될 때 일어나는 일은 과거에 있었던 모든 예술작품에도 동시에 일어난다는 것이 시인 엘리엇의 오래된 말이다. 과거가 이룩해놓은 질서는 현재의 성취에 영향받아 다시 배치된다는 것이다. 우리는 현재의 빛에 의지해 어떤 과거를 선택할 것인가. 그렇게 시사(詩史)는 되풀이되며 전진한다.

이 일들을 문학동네는 이미 한 적이 있다. 1996년 11월 황동규, 마종기, 강은교의 첫번째 시집들을 복간하며 '포에지 2000' 시리즈가 시작됐다. "생이 빛났고 힘겨울 때 이따금 가슴으로 암송했던 시들, 이미 절판되어 오래된 명성으로만 만날 수 있었던 시들, 동시대를 대표하는 시인들의 젊은 날의 아름다운 연가(戀歌)가 여기 되살아납니다." 당시로서는 드물고 귀했던 그 일을 우리는 이제 다시 시작해보려 한다.

아이스크림과 늑대

문학동네포에지 020

이현승 시집

아이스크림과
늑대

시인의 말

참혹해할 필요 없다.
늦은 일요일 쇼펜하우어로부터의 연락,
결국 달라지는 것은 없을지 모른다.

밤사이에 늘어난 환자의 전문 지식이
주치의의 처방을 바꾸지는 못할 것이다.
진열대의 빈자리는 금세 메꾸어질 것이며
나는 통조림에도 고유번호가 있다는 사실에서
위안과 절망을 동시에 느낀다.
우리는 그 무엇을 위해 살고 있고
그 무언가가 텅 비어 있다는 사실로부터
조금 우울해질 수는 있다.
괜찮다.

2007년 여름
이현승

개정판 시인의 말

단것을 별로 좋아하지 않는 사람이 있다.
일의 맛은 쓰다고 생각해서일까.
고된 일이 끝나면 몰려가 단것을 마시는 사람들,
단것을 들고 만화방창 피어난 사람들 사이에서
아무도 모르게 선명해지는 느낌,
홀로 설탕으로 결정되어가는 그런 느낌.
화살보다 뾰족한 혓바닥들이 들이닥칠 것 같은 느낌까지는 아니지만
애써 끓인 찌개를 내놓으며 어때? 좀 짜지? 하는데
강한 짠맛보다 그 사이 엷은 단맛이 더 불편한,
그런 고집스러운 느낌으로 이 시집을 쓰고 건넜다.
나는 이걸 철학이라고 할까 고집이라고 할까 망설이다가
그냥 까다로움이라고 하기로 했다.
괜찮다.

2021년 봄
이현승

차례

2부

3부

1부

우는 아이

소년의 손에는 아이스크림이 들려 있고
아이스크림은 녹아내려 소년의 소매를 적시고 있다

우리는 거리에서 노래하고
거리에서 아이스크림과 맥주를 마시고
거리에서 사랑을 하고 잠을 자고
그리고 거리에서 죽는다
서로의 몸속을 보여줄 만큼
거리는 이제 아주 사적인 공간이므로
투명인간들이 활보하는 거리에서
소년은 눈물을 훔친다

책상에 앉은 채 소변을 보았던,
그러고는 곧 학교를 떠났던 그 소년처럼
길에서 우는 아이
얼음조각처럼
녹아내리고 있는 아이
이 길 위에서 사라질 아이

슈퍼맨 리턴즈

우리는 이따금씩 하늘로 날아오르고 싶네

좁은 집에 살고 있으며
두 가지 이상의 직종을 가지고 있는 자
은하슈퍼의 장씨는 러닝셔츠가 근무복이지
전형적인 외유내강형의 사내라네

생활설계사로서 슈퍼마켓의 주인으로서
그의 입지는 그야말로 탄탄하네
이 바닥에서 그를 모르는 자는 없지
어쩌면 그는 이 골목의 매뉴얼을 만드는 자
한 손으로 오토바이의 핸들을 잡고
다른 손으로는 짐칸의 배달물을 잡고

은하슈퍼를 출발하여 목적지까지
목적지에서 은하슈퍼까지
삶의 설계사로서 계약에서 해지까지
리턴, 리턴, 리턴, 그리하여 삶은 무한 반복이네
누구든 이 골목에서는 갑작스레 날아오르고 싶네
아니, 날아오르는 자들이라면 가급적 그를 만나는 게 좋네

맥주와 잘 어울리는 것들

팔월엔 모든 것이 활발하지요
악취 나는 천변에서 조깅을 하는 사람들이 있고
꽁지만 치켜세운 채 물속에 머리를 처박는 오리들이
있지요
부리에 검은 진흙을 묻히고 점잖게 인사를 나눠요
이상하지 않아요 오리들은?

비가 잦은 밤의 거리를 걸으면서 생각했어요
불행하게도 항상 하나씩이 모자란 것에 대해서
식은 맥주처럼, 꼭 부족한 하나가 있어요
술을 빼놓고 엉클 톰을 생각하거나
엉클 톰을 빼놓고 술을 생각하거나
그건 마치 줄무늬를 빼고 얼룩말을 생각하는 것과 같죠
결정적으로 하나가 빠진 조합에 갇히는 거죠
절정의 상태에서 더그아웃을 지키는 투수와
신나게 두들겨맞고 더그아웃을 바라보는 투수의 눈빛

그래 조금씩은 이상한 것 같기도 해요
늘 걸어 다니거나 헤엄치는 오리들
냄새나는 천변을 오리들과 함께 걷는다고 생각하면

동물의 왕국

—가족

동물의 왕국을 좋아해
나도 아버지도 좋아해
어머니도 김치를 버무리시다 말고 좋아해
텔레비전을 보다 말고,
왜 다운증후군 가진 사람들은 다 비슷하게 생겼어?
다 가족이야?

모든 사자들이 그렇고 그렇게 생겼듯이
모든 들소들도 그렇고 그렇다
떼를 지어 몰려다니는 소들은
어떻게 자기의 가족을 알아볼까?
내가 기르던 개는 일 년 뒤에 제 어미를 몰라봤지
자꾸 킁킁거리고 올라타려는 개를 보면서
훨씬 더 많이 가책받았어
그래도 어미 개는 알더군

오늘부터 구름과 친구가 되기로 하고,
구름들의 신상명세를.
매일 다른 표정으로 뒤바뀌는 그녀는
언젠가 저 구름처럼 떠갈 것이고
언젠가 저 나무처럼 비에 홀딱 젖을 것이고
그리고 언젠가 저 구름처럼 아주 먼 여행에서 돌아올 것이다
아주 먼 곳에서 돌아온 구름이

오늘 내 방 창문으로 비죽,
나의 창문은 내내 냉랭하지
그러면 나는 더 가책받지 않을까

가지고 있는 것을 하나씩 벗기고
알고 있는 것을 하나씩 지우고
나는 동물의 왕국 속으로 들어갔다

늑대가 나타났다

대화가 없는 식사란 이런 것이군
침 넘기는 소리만 들리는 가운데
늑대는 게걸스럽고
늑대는 거칠고
늑대는 무례하고

그러나 당신의 식사가 식탁의 구도를 벗어나지 못하듯
내가 당신을 사랑할 수 없는 건 그 게걸스러움 때문이죠
늑대의 식성 앞에서 가족들의 식사는 용맹하죠
악어의 입에 자신의 머리를 넣는 곡예사처럼요
겁에 질린 낙타처럼 밥통을 꺼내야 할지도

늑대는 늘 배가 고프고
그러니까 늑대는 늘 도망중이고
결과적으로 늑대는 일과 휴식이 분리되어 있지 않아요
자신의 몸무게보다 무거운 식욕을 가지고 있지요
—중력을 그와 같은 방식으로 이해하세요
식사중 여행이거나 여행중 식사이거나

여하튼, 굶주림이 없이 늑대를 이해한다는 것은 곤란해요
포만감으로 충만한 노래하는 늑대를 본 적이 있나요?
그건 늑대가 아니라 기타겠지요 기타만이 공복을 포만감으로 바꿀 수 있어요 기타 부기 기타 부기

기다림이 없이는 늑대를 이해할 수 없지요
음악이라도 좀 틀어놓을까요?

식탁의 영혼

당신의 식사를 완성하고 싶어요
나는 칫솔 가득 치약을 짜서 오른손에
왼팔엔 공손하게 타월을 접어 걸고
당신의 식사를 지켜보지요
당신의 식욕은 언제 보아도 고즈넉하군요

식사로부터 시작되어
식사로 완성되는 저녁이에요
나는 당신의 저녁을 완성하는 사람이지요
그러니 언제나 나는 불완전한 칫솔이기도 해요
나는 개켜진 냅킨처럼 다소곳하지만
나는 가지런한 젓가락과 숟가락처럼 정갈하지만
식사가 언제나 예의 바르진 않지요
당신을 꼬집어 말한 것은 아닙니다

너무 흔한 것
그것이 식사라고 당신은 말했죠
나의 냅킨과 칫솔이 무거워지는 순간이군요
콧수염에 묻은 우유를 닦아내면서
짐짓 경건하게 예절에 대해 말할 때
당신은 비로소 육식동물처럼 근엄합니다
나는 당신의 식사를 완성할 시간을 알아차리죠

나는 말쑥하게 차려입은 하이에나이거나

노래하진 않지만 정겨운 악어새입니다
악어 입속으로 함부로 날아드는,
나는 당신의 식사를 완성할 수 있고
나는 당신의 트림을 분별하는 자이고
나는 당신에 대해 말할 수 있는 자이며……

재난 문자 방송

화초에 물을 주다가 넘쳤다
오기로 되어 있던 재난은
오늘 오지 않기로 하였다

갑자기 정전이 되면
우리는 침착해진다
한도를 넘긴 용기처럼
우리는 가만히 넘칠 것이다

눈에 비눗물이 들어간 사람처럼
벽을 더듬을 것이다

재난도 일상도 규칙적으로
회고도 예측도 규칙적으로
아침형 인간은 아침에
저녁형 인간은 저녁에
재난을 맞을 것이다

갑작스러운 폭설로 도로가 마비되고
강풍이 불어 지붕이 날아가도
벽에 걸린 시계가 떨어져
깨진 유리 조각들은 흩어져도
침착하고 규칙적으로

기침 사나이

너무 잦은 식사가 아니라
오랫동안의 외로움이 밥통을 키웠어요
사냥감 앞에서 우울한 표정이란 어울리지 않아요
마치 전 우주에 물고기 한 마리와 단둘이 남겨진 것 같군요
가령, 먹을 것이냐 외로워질 것이냐?

아무래도 나는 너무 외로워서 밥통이 되었어요
나는 퇴근길의 병목처럼
끓는 식기들의 숨구멍처럼
나는 출구가 좁고,
분출해야 할 많은 것을 가지고 있어요
폭발하는 밥통처럼 밥알들을 날리겠군요

속을 끓이는 힘으로 열차를 움직이고
부자들의 배를 불렸던 것은 지난 세기의 일인데
멈추지 않는 기침의 힘으로
헤이, 기침 사나이
날 저쪽으로 좀 넘겨줘요
당신은 뭐랄까 정말이지 폭발적이군요

동물성

갑작스러운 고요, 나뭇잎들만이 이야기를 나눈다
아무것도 발설해선 안 되는 저녁이 있다
의심 많고 늙수그레한 혀의 노련함
말없는 식사를 가로지르는 무뚝뚝한 금속성
가장 극심한 소외가 침대 위에 있듯이
네모반듯한 식탁 위에서 모든 사랑은 다 질투였을 뿐
모든 식욕은 다 굶주림이었을까요?
무방한 사실을 이야기하면서
나는 의심으로부터 놓여났다

사자들이 하루종일 잠을 잔다
나는 당신이 당신의 그 거대한 체구 속에
말을 거의 담고 있지 않다는 사실에 깜짝 놀랐습니다
거대한 포플러나무의 잎들이
바람 속에서 일제히 깔깔거리는 것을 보세요
희망이란 금세 저렇게 표정을 바꾸지요
헛되고 부질없는 생각들이 금방이라도 삶을 가득 채워요
저 비쩍 마른 여자가 오늘 온종일 떠들어대는 걸 보세요
어떤 포유류의 경우는 어떻게 자기 몸집보다 큰 식욕을 갖게 되는 걸까요
아마 아무도 그녀와는 식사하지 않을 겁니다
물론 아무도 그녀 곁에 눕지 않겠군요
그녀는 너무 굶주렸어요

오 사바나에서 아침을
예의 바르고 가지런한 식탁에서 아침을
식탁에선 굶주림을 정갈하게 가꿀 수 있어야 하네
그것이 모든 엄마가 아이들에게 가르치는 것이지
네가 가질 수 없는 것을 향해서 침흘리지 마라
가지지 못할 것을 향한 욕망을 들키지 마라
사자와 하이에나의 다른 점
가령 굶어죽는 새끼 사자가 주는 고통과 감동이 그것이었다
어이, 내 식탁에서 천박한 이빨을 좀 감추시지
당신과 함께 식사하고 싶군 사자씨
자, 나는 오른손잡이이니 이 팔은 네게 줄게

괜찮은 생각

꽉 무세요 아프세요?
지혈 솜을 이 뺀 자리에 물릴 때
내가 아무런 말도 할 수 없었던 것은
솜이 빠질까봐가 아니라
의사의 코가 너무 가까워서다

때리면서 아프냐고 묻던 고참병
대답을 고민할 필요가 없어서 고마웠다
아프다도 아니고 안 아프다도 아닌 괜찮습니다
도대체 대답이 필요하지 않은 질문들이란 뭐지?
범칙금 고지서의 이의 제기 안내나 미란다원칙 고지 같은

아랫니와 윗잇몸 사이에 솜을 물고서
환자 대기실에서 엿들은 누군가의 말
사회생활학과는 뭐하는 데야?
사회생활이 어렵지

수족관 속 열대어의 툭 튀어나온 입에서
공기 방울이 쪼로록 올라갔다
뭐라고? 무표정한 것은 열대어
아무래도 수족관은 병원과 너무 잘 어울린다는 생각

캐츠 아이

고양이를 치면서 나는 운 나쁜 사람이 된다
고양이의 안광을 본 마지막 사람
치여 죽은 고양이를 내버려두고 가면서
나는 세상에서 가장 바쁜 사람

가속 페달을 더 깊숙이 밟으면서
나는 갑자기 시력이 좋아진다
나는 갑자기 청력이 좋아진다
나는 갑자기 후각이 발달한다

1초 뒤를 예감하는 축구 선수의 발끝
분명하게 포물선을 바라보는 홈런 타자의 눈
20초 뒤의 피 냄새에 송곳니가 자라는 맹수

뼈를 감싸고 있는 살가죽처럼
어둠은 이 분명한 소리를 봉인한다
불 꺼진 자정의 도로 위
뒤돌아보지 않는 묘안의 반사광
나는 결승점을 통과하기 직전의 주자가 된다

훌라후프를 돌리는 여자

당신은 훌라후프를 돌리네
당신은 유연한 허리를 가졌어
허리춤에서 아슬아슬하게
그러나 당신은 여유만만하게 훌라후프를 돌리네
잡지를 보면서 TV를 보면서
당신의 훌라후프 솜씨는 뛰어나서
허리춤에 훌라후프를 매달고 내게 말을 거네
당신은 훌라춤을 추고 있는 것 같기도 하고
또 신상품을 광고하는 내레이터모델 같기도 하네
원래 그 자리에서 돌고 있는 행성처럼
당신의 훌라후프는 변함없이 돈다네 그럴 때면 나는
훌라후프 안으로 들어가고 싶다고 생각해보네
내가 당신의 원 안으로 들어가
하나가 되어 훌라후프를 돌린다면
이건 좀 변태적이지 훌라후프는
쉬지 않고 당신의 허리춤을 도네
당신의 허리는 참으로 유연하다네
유연한 당신의 허리
유연한 당신의 훌라후프
당신은 TV를 보며 깔깔거리다
그렇지 않아? 말을 건네네
유연함이 바로 당신의 무기라네
유연한 허리를 위하여
당신은 훌라후프를 돌리고 나는 그것을 보네

근황

연락들 참 많이도 오네 입춘 지나 우수(雨水) 우수 지나 경칩(驚蟄)…… 진달래가 들불처럼 울고 가고, 목련꽃 진 숲에는 녹우(綠雨)가 내리고, 잎새들이 제법 제 날개를 팔랑거릴 즈음…… 청명(淸明) 지나 곡우(穀雨) 곡우 지나 입하(立夏)…… 이상하다 황사바람 속 부음(訃音)이 오고, 아랫입술 짓물고 유월이 오고, 온다는 소식도 없이 오고, 다시 아카시아 꽃소식이 오고

꽃소식과 함께 친구가 오고, 비가 오고, 금간 뼈 쑤시고, 진통제 같은 소주 한잔, 빗물에 향기 쓸려가고 바람이 나머지 향기마저 거두어 가버리면, 예비군 통지서가 날아오고, 오고 가고 오고 가고, 오가는 것 속, 저 꽃 속, 향기 속의 절(寺) 그림자 속…… 무슨 열락(悅樂)이 있겠는가 몰래 들어와 섬을 가두는 밀물처럼 가만히 서 있어도 깊어지는 이 산그늘에서 소리도 없이 표정도 없이 한없이 무중력에 가까운 심연으로 가라앉네 가장 깊은 곳, 한 중심에선, 티끌과 바위가 꽃과 하늘이 같은 무게가 될 뿐, 사위가 잠긴 듯 어둠이네 진공이네 너무 소란스러워 귀를 막고 서네 소용돌이 속이네 무슨 연락(連絡)이 있겠는가 발자국 곱게 다녀간 것은 다 알고 있었네 잘 가게

공무도하가

건너지 못할 것은 다 강이라는 생각,
그러므로 지천으로 널린 것이 강이다
하품하다 흘린 눈물처럼, 슬픔이란
미친한 내가
미친한 그대의 눈동자를 마주할 때
보이지 않게 흐르는 강
울컥 물비린내가 나는 강

한 사람을 오래 사랑하면서도
어쩐지 실패했다는 느낌
나는 헤어질 준비를 다 끝낸 사람처럼
자꾸 허탈하다 그러므로
최대한 밀착된 거리에서 만나고 있다는 거
그건 어쩜 그대를 볼 수 없는 것이었으므로
하여 기꺼이 나는 방종했다는 걸
거리에서 만나는 저 사내
거주지 불명의 저 사내와 눈이 마주친 순간 알았다
앞을 보면서 그러나 아무것도 보지 않는
그 눈빛 앞에서 나는 변방의 곽리자고처럼
또 백수광부의 처처럼 아무것도 할 수 없었다

누가 보거나 말거나
대로변에 앉아 소주를 마시는 사내여
소주를 마시며 행려도 벗어놓고 구걸도 벗어놓고

사내는 길 건너를 망연히 보고 있다
노상에서 노천에서
끝없이 이어진 사내의 행려가
지금 사내를 내려놓으려는 듯
강심으로 걸어들어가려는 사람처럼
가지런히 신발을 벗었다

길 건너에 있는 사내
강 건너에 있는 사내
물수제비처럼 물에 잠길 사내

간지럼증을 앓는 여자와의 사랑

이것은 웃음에 관한 이야기다
나는 간지럼증을 앓는 여자와 사랑에 빠졌다
그녀에게 있어 웃음은 보호막,
일종의 비누거품과 같다
문지르면 더 잘게, 더 많이 일어나는 거품처럼
손끝이 닿을 때마다 소스라치듯 웃음이 터져나온다
그럴 때면 나는 작은 거품들에 둘러싸인 비누가 손안에서 미끌거리는 것을 본다
작고 미끌거리고 단단한 그녀는
웃음 풍선을 마신 사람처럼 기글기글 웃고

감당할 수 없는 슬픔,
감당할 수 없는 간지러움,
감당할 수 없는 것들은 모두 흘러넘친다
흘러넘치는 소리를,
다가갈 수 없는 거리를
나는 그녀의 웃음소리에서 발견한다
작은 웃음으로 이루어진 보호막
웃음 속의 공포
이것은 공포에 관한 이야기다

웃음을 멈추려는 의지와
중단할 수 없는 웃음의 명령 사이에서
그녀가 미끄러지듯

분명하게
터져나오는 웃음 앞에서
나는 웃음을 금지하는 근엄한 독재자였다가
볼까지 빨개진 벌거숭이였다가
얼렁뚱땅 함께 웃고 있는 바보였다가
끝없이 터져나오는 웃음 끝에서 결국 눈물을 한 방울 짠다
그것은 슬픔 같은 것이고
그것은 공포이며
그것은 완전한 벌거숭이인 육체로서의 웃음이며
공포 속에서도 웃는 사랑이다
이것은 억압에 관한 이야기다

기침의 영혼

1

은행나무 두 그루는 길가에 다정하다
노부부처럼 다소곳이 늙었다
똥 냄새를 풍기면서 떨어진 은행들이 썩어갈 때
나는 어떤 발기는 참 고즈넉하다고 느낀다
같은 곳을 보는 듯, 또 아닌 듯, 슬그머니
은행나무 이파리 위에 다른 은행나무의 이파리가 포개질 때,
나뭇잎을 떨어뜨리는 수작의 역사는
언제나 거리에서 완성된다?
그것은 꽤나 오래된 역사이다

2

은행나무를 흔드는 사람이 있다
흔드는 사람과, 몰려들어 열매를 주워담는 사람들은
광주리와 커다란 비닐봉지와 빗자루와 쓰레받기를 들고
오토바이를 타고 나타났다 사라진다
막과 막 사이를 오가는 배우들처럼
날렵한 동작으로 은행나무를 흔들고, 은행을 주워 담고, 은행을 나르고
어떤 나무의 한살이는 도둑들에 의해서 완성된다
어떤 도둑들은 선량하므로
자백할 것이란 구린내 나는 손밖에 없을 것이므로
시장에 내다팔고, 남은 몇 알씩을 밥에 넣어 안치기도

할 것이다
최소한 구린내가 풍기지 않을 어떤 식탁,
선량한 식탁을 생각하는 거리엔
은행들이 이마를 찧은 자국들만 선연하다
은행잎이 거리를 뒤덮어간다

3

고모는 결핵을 앓았고
단풍잎처럼 객혈을 시작했는데
나는 고모의 몸이 단풍나무처럼 붉은 이유가
기침 때문이란 걸 몰랐다
말하자면 기침이란 고모의 영혼 같은 것이었다
누구든 고모가 시랍을 열고 오는 것을 대번에 알았으니까
나는 고모가 단풍나무의 영혼을 가진 사람이란 걸
그때 안 셈이다
한 번만 더 고모의 품에 안겨보고 싶다
영혼에 대해 생각하는 계절이 아닌가
누구든 고모의 기침 소리를 듣기만 해도
고모의 얼굴을 떠올릴 수 있을 것이다
고모는 객혈쟁이, 단풍나무의 영혼을 가졌다

4

가난한 자만이 영혼이 아름답지는 않지만

실패한 자만이 성공을 보고 있지는 않지만
먹지도 않을 고기를 낚겠다고 한강으로 몰려든 사내들의 뒷모습처럼
생각할 것이 많은 사람은 언제나 눈을 잘 보여주지 않는다

2부

도망자

나는 사라지는 자
삼투되는 것들의 친구
휘발되는 모든 것들의 아버지.

뜨거운 대지의 날숨과 담배 연기가 뒤섞이듯
우리는 서로 다른 출구에서 나왔지만
같은 입구를 향해 달려갑니다.

상투적이고 반복적인 벽지 무늬처럼
우리는 언제라도 결합될 수 있어요.
그러므로 나는 어두운 저녁의 그림자
당신의 시야 뒤편으로 흐르는 자
나는 태양의 반대자로서
태양을 등지고 잎맥 속으로 스미듯이
모든 비밀의 목격자로서
나는 대지의 날숨에 담배 연기가 뒤섞이듯이.

바보는 모든 천재의 은신처
평범함을 가장해서 우리는 안부를 나눕니다.
이로써 다시금 불만은 사라졌어요.
신문에는 물타기에 대한 의혹이.
나는 유령처럼 활보하는 자
나는 햇빛, 나는 수증기, 나는 물방울.
비로소 나는 당신의 내부에 있습니다.

세렝게티의 물소리

세렝게티의 누떼가 늪에 도달했을 때
악어들은 이미 물가까지 다가와 있다.
건기의 마른하늘을 반사하는 불투명한
수면 너머로 악어는 누떼를,
누들은 악어를 본다.

타는 듯한 초원을 수십 킬로 행군한 누들 중 어린놈이
마침내 타는 목줄기로 물을 핥을 때, 전 세렝게티는 숨을
멈춘다. 한없이 고요한 공명판을 타고 물 마시는 소리가
울려퍼진다. 모든 누들의 귀에서 심장에서 천둥처럼 울
린다. 인내심을 잃고 누떼가 술렁거린다. 고요한 수면 아
래서 침착하게 먹잇감을 고르는 악어들의 움직임. 갈증
이 누의 입을 사정없이 물속에 처박아댄다.

한번 시원함을 맛본 누들은 입을 떼지 못한다.
그러므로 모든 악어의 기다림은 충분하다.
어린 누가 악어에게 코를 물렸을 때,
잠시 놀라 뒷걸음질쳤던 누들은
그러나 일제히 물속으로 코를 처박는다.
악어의 턱이 누의 코뼈를 으스러뜨리고 숨통을 막아대
는 동안
건기의 사막을 거칠게 채우는 물소리.
먹이가 지쳐 딸려올 때까지
악어는 애써 힘을 빼지 않는다.

정물처럼 놓여 있는 어린 누와 악어를 사이에 두고
물소리가 늪 주변으로 소란스레 울려퍼지는 가운데
술렁거리는 누들의 목줄기 속에서
세렝게티의 건기는 가장 뜨겁게 달아오른다.

악어는 누를, 누는 물을
놓지 않는다, 놓을 수 없다.
세렝게티의 건기가 누들의 입을 사정없이 물어뜯는다.

해변의 여인

정말 몸을 쥐어짜면 기억이 되살아난다고 믿어?
고문기술자가 인두로 지지듯이?
당신이 뜻한 바대로 말할 때까지?
몇 날씩 굶고 기도만 하는 사람들도
무언가를 짜내는 것이라고 생각해?

온통 검은 자장면의 색깔 속에서
서로 다른 맛의 재료를 분별하듯
도다리와 넙치를 구분하는
감식안이 필요해

마실 수 없는 물들이 거대하게 출렁이는 것을 보면
목구멍에 소금을 한 줌 처넣은 듯 목이 마르겠지
가질 수 없는 것들의 부드러운 움직임
파도는 연애와 닮았고 연애는 파도를 닮겠지

범인의 도주 경로를 쫓는 수사관처럼
수사관의 포위망을 배반하는 범인처럼
모든 연애에는 조수 간만의 차가 있어서
어느 날 문득 변심한 애인처럼 차갑겠지
마시면 마실수록 더 갈증을 부르는 술처럼 파도처럼

누구든 해변에선 갈증을 느껴
바다를 다 마실 것 같은

바다를 다 마신 것 같은

백서

마치 레슬러처럼 가깝게
체조 선수처럼 가볍게

화장한 채 벌거벗은 여자와
군화를 신은 근육질의 남자

가슴둘레를 재는 재단사처럼
약품을 고르게 바르는 물리치료사처럼
10초간 숨을 참고 뛰는 육상 선수처럼
그들은 피가 몰린 얼굴로!

온몸에 꽃가루를 묻히고
꽃을 열고 내부로 들어가는 꿀벌처럼
입가에 꿀을 묻힌 꿀벌처럼

결혼한 여자들

정원사와 결혼한 여자가 있어요
또 짐꾼과 결혼한 여자가 있지요
수다쟁이와 결혼한 여자도 있구요
모두 말이 없군요
너무 고여 있었어요
가끔씩 소리 내어 울지만
모여서 울지 않아요

여자들이 깜짝깜짝 놀랄 때마다
나는 경계심에 대해 생각해요
깜짝 놀란다는 건
아무래도 너무 외롭지 않아요?

문제는 바나나

나의 구애는 잇몸으로도 가능할 것 같아
아무튼 바나나는 오늘날 가장 쉬운 과일이지!

당신이 가진 가장 사소한 복수심으로
당신은 단지 바나나를 까먹으면 되지
귓구멍으로 음악을 쑤셔넣거나

당신과 당신의 목표물과 바나나의 껍질
그를 넘어뜨린 것은 그의 몸무게, 그의 방심
어느 모로 보나 우발적인 사건으로 기억될
전대미문의 활강이 이제 곧 발뒤축에서 시작될 것이다

당신은 이 퍼포먼스의 연출가이자 감상자로서
신께서 인간에게 공평하게 베푸신 은혜에 놀라는 자
어쩌면 그의 부모 이후로는 처음으로
가장 완성도 높은 직립보행을 감탄하면서 지켜보는 자

잘 익은 바나나의 단맛과 향 그리고
평범함 속에 감춰진 놀랍도록 완벽한 균형과 일치

소리지르지 말아요

당신은 용감한 개를 원합니다
당신의 개가 낯선 사람을 향해 사납게 짖어댈 때
당신은 흐뭇하게 목덜미를 어루만지면서
그만, 하고 말하고 싶습니다

이 짐승의 발달된 청력과 후각
날카로운 이빨은 당신을 위한 것입니다
이따금씩 머리를 쓰다듬어주세요

먹이를 더이상 먹지 않는 유기견의 세계에서
당신은 먹이와 충성심에 대해 잠깐 생각하겠지만
배고픔만이 청력을 발달시키는 것은 아닙니다

아마도 친절로 도둑을 지킬 수는 없겠지요
누군가의 손에 들린 먹이를 향해 침을 흘릴 때
당신은 준엄한 표정으로 그만, 하고 말하고 싶습니다
당신의 개는 입맛을 다시며
먹이와 당신을 번갈아 봅니다

한여름 밤의 꿈

나뭇잎에 베인 바람의 비명
몸이 벌어지면서 나오는 신음들
수도꼭지의 누수처럼 집요하게 잠을 파고드는
불편한 소리들,
아, 들끓는 소리와 소리 사이
폭발과 폭발 사이 화산의 잠

어둠 속에서 숨죽여 우는 사람이 있다
누가 밤하늘에 유리 조각을 계속 뿌려대고 있다

걱정이 걱정이다

걱정이 걱정이다 어머니는 자나깨나 서울 걱정 나는 어머니의 걱정이 걱정이지 아침부터 건 전화 저편에서 어머니 마실견문록이 펼쳐진다 올봄에 데릴사위로 장가간 칠촌이, 변호사 개업한 육촌이, 일가의 안녕과 불안이, 서른을 넘긴 아들이, 일흔을 바라보는 아버지가 걱정이다 걱정거리를 장바구니 옆에 끼고 다니시는 어머니가 걱정이다 걱정 때문에 바퀴가 구르고 걱정 때문에 풍차는 돌겠지만, 바람이 저 구름 너머에서 불어와 자꾸만 머리카락을 쓸어올리는 손이 바빠지는 거겠지만, 며칠째 찾아온 불면의 밤이 걱정이다 혀끝이 까끌까끌하다 머리가 멍청하다 어머니의 말씀이 풍차를 돌리고 바퀴를 구르게 하고 걱정이 다 그런 거겠지만, 폐타이어처럼 갈잎처럼 혀끝이 갈라진 당신 자꾸 발음이 샌다 걱정이다

애완 시대

5초간

열대어를 한번 길러보고 싶어요.
눈이 툭 튀어나온 물고기라면 좋겠어요.
눈을 감고 숨을 멈추고 다섯을 세면,
모든 것이 백지처럼 새로워집니다.
열쇠, 휴대전화, 지갑, 담배, 라이터
집을 나설 때마다 다시 찾으러 오는 것들이에요.
어항 속에서라면 가능할지도 모르죠.
단 5초 안에 모든 것이 끝날 수도 있습니다.
물 밖에선 누구든 헐떡거리는 법이죠.

공중 정원

집에는 화분이 열두 개
벤자민, 마리안느, 부겐빌레아, 드라세나 자바, 하비스트 문 크로톤, 네마탄, 아이비, 싱고늄, 칼랑코에, 크라술라, 디펜바키아, 마지나타……
호명할 때마다 나는 외국인 아이를 입양한 아버지가 되지요.
우리에겐 언어가 없어 눈을 맞추고 내내 고요합니다.
화가 나서 밥을 굶진 않아요. 큰 잎을 폭발적으로 피워내지요.
악수를 할 수도, 어깨동무를 할 수도 없지만
점점 더 많은 물을, 햇빛을, 관심을 요구하지요.
열두 개의 대륙에서 나무들이 자라납니다.

강아지들의 계절

강아지들은 더이상 자라지 않지만
강아지들은 주인보다 빨리 달리고, 냄새 맡고,
모든 강아지들의 가을은 나의 여름보다 빨리 옵니다.
앞발 위에 턱을 고이고 빨래 더미 곁에서 빨래처럼 구겨집니다.
우리는 서로 다른 공전주기를 갖고 있는 행성들처럼
우리는 반복되지만 꽃 진 자리에 꽃이 피진 않아요.

주름의 왕

태양세탁소는 자정이 되어서야 불이 꺼진다.
태양세탁소는 옷들이 천장이지. 언젠가
저 가게의 주인은 난쟁이일 거라 생각하기도 했네.
그러다 보았지. 오토바이를 탄 반(半)대머리의 사내가
세탁물들을 한쪽 어깨에 걸친 채
날렵하게 한 손 운전으로 나드는 것을.
개선장군처럼 사내가 지날 때마다
골목에 늘어선 능소화도 주름치마처럼 나부꼈네.
태양세탁소의 그 환한 백열전구 아래서
사내는 러닝셔츠 차림으로 다림질을 하지.
다림질판 위로 매달린 알전구는 매우 밝아서
사내의 반대머리에서 촘촘하게 돋아나는 땀들 반짝거리지.
이마에 주름이 살짝 앉기 시작하는 사내는
그냥 볼품없고 왜소한 체격의 몽골리언인데
제법 두툼하니 살집 좋은 사내의 아내는 철딱서니 모양
오줌 누듯 쪼그리고 앉아 사내의 뒤통수를 바라보고
그러면 가오리처럼 납작한 사내의 다리미는
뜨거운 김을 뿜어올리며 신이 나 더욱 분주하네.
사내의 손에서 주름은 날을 세우기도 하고 잠자기도 하지.
어느 모로 보나 사내는 주름의 왕이라 할 수 있네.
적어도 이 골목에서는 어떤 주름도 사내를 당할 수 없지.
구김살 없는 옷들이 이력처럼 내걸린 세탁소의

태양 또는 주름의 왕.

서사에 대한 모욕

1

예컨대, 그는 모래의 성으로 걸어들어갔다
후에 그가 모래가 되었다는 말이 항간에 떠돌기도 하고
그의 뒷모습을 상설시장 부근에서 보았다는 사람도 있었지만
구체적인 족적을 확인할 방도는 없으므로
풍문은 풍문의 문법을 지닐 뿐이다
사실무근으로 모래가 된 사나이가 있다

2

저는 지금으로부터 이십여 년 전 서울특별시 강동구 천호동에 위치한 럭키라사에서 재단사 시다 생활을 하며 사회에 첫발을 내디뎠습니다. ……그러던 중 저는 아내의 백혈병 선고라는 청천벽력과 같은 선고…… 이렇게 여러분 앞에 서게 되었습니다…… 이 칫솔로 말씀드릴 것 같으면, 시중에서 한 개 삼천 원 하는 고급 칫솔로서…… 저는 칫솔 세 개를 이천 원에 모시겠습니다. 이것은 결코 비싼 것이 아닙니다. 고급 칫솔입니다. 이것은 시중에서 한 개만 사시더라도 삼천 원을 주어야 하는 고급 칫솔입니다. 세 개에 이천 원에 모시겠습니다. 이 칫솔은 결코 비싼 것이 아닙니다……

3

후에 사내는
칫솔들을 팔아 아내의 수술비를 마련했을지도 모르고

칫솔과 함께 주저앉았을지도 모른다
사내가 아내를 잃고 술주정뱅이가 되거나 폐인이 되거나
사람들은 이 끝없고 가혹한 서사의 결말에는 좀 무관심이므로
지루한 이야기들이 지니는 문법에 따라
이러한 이야기는 상투적인 어법을 스타일로 한다
그러나 한 사내가 늦은 저녁의 전철을
자신의 몸무게만한 가방을 질러 메고 오른다
이 칫솔은 결코 비싼 것이 아니라고 사내는 강변한다
사내의 말대로 칫솔은 비싸지 않고
오늘 내가 살 칫솔이 사내의 말처럼 두루뭉술하거나
사내의 운명보다도 거칠어 칫솔이
이와 잇몸을 훑고 지나갈 때마다
야박하게 핏물이 배어나더라도
모든 사람들이 매일같이 무신경하게 이를 닦듯
입냄새를 지우고 거울 앞에서 이— 하며 한 번은 억지웃음을 짓듯이
억지스러운 것은 웃음이지 양치질이 아니듯이
솔모들은 부지런히 몸을 눕히며
날카로운 이를 닦으며 몽당하게 닳아갈 것이다

모래의 성으로 들어간 사내의 뒷이야기가 궁금하다

고양이

발자국 소리를 내지 않는 고양이,
오후의 빈집을 노리는 면식범 고양이,
현관 앞 음식물 쓰레기봉투를 찢어발기고 달아난 고양이,
온 동네 쓰레기봉투에서 흘러나온 냄새 진동하던 여름
악취 때문에 이를 갈면서 기다리면 안 보이던 고양이,
기어이 다시 쓰레기봉투를 찢다가 신고 있던 슬리퍼 짝으로 내게 얻어맞은 고양이,
맞은 쪽 볼기짝이 검은 얼룩무늬 고양이,
밤사이 현관에 오줌을 싸고 도망간, 집요한 고양이,
실은 쓰레기 악취보다 울음소리 때문에 더 미웠던 고양이,
내 얕은 잠귀 속으로 들어와 마구 발톱을 세우던 고양이,
잠들 만하면 냐옹냐옹 괘씸하게도 울어대던 고양이,
나가보면 감쪽같이 달아나고 없던 고양이,
미워할수록, 잡으려 할수록 묘연하기만 하던 고양이,
어느새 내 미움의 중심부까지 숨어든 고양이,
집 뒤안에서 몸을 풀고 핏덩이를 혀로 핥다 나와 눈이 마주친 고양이,
천한 것이라고 쉽게 돌 던질 수 없었던 고양이,
새끼 고양이들을 데리고 담장 위를 지나면서 한사코 나를 외면하던,
이사 오다 본 그게 마지막이었던 고양이,
내가 기르고 있었던 도둑고양이,

지금도 어디선가 몹시 배가 고플.

경험주의자와 함께

그래요 전 경험주의자예요 / 경험이 나쁜 것이 아니라 경험을 맹신하는 것이 잘못된 것이라고 당신은 내게 말했죠 / 그리고 당신은 가령 찰스 부코스키, 김수영, 혹은 하나무라 만게츠 같은 경우, 삶이 곧 작품이라고 했죠 / 시인 황지우는 자신의 시낭송회에서 “시이넌 직업이 아니라 상태잉 거 가태요……시를 쓰고 있는 순가니……시이닝 거시죠” 했다 / 자신의 삶이 실패의 연속이라고 말할 수 있는 자는 아름답다 그것이 한낱 자만심의 발로였을지라도 실패의 연속이 아닌 삶이 어디 있을까 / 태어나면서 처음부터 시를 쓰려고 했던 것은 아니었다 다만 불안정하고 난만한 사춘기에 시가 내게 다가왔고, 이 짓을 그만두는 방법을 몰라 계속해서 잘못 든 길을 파고 있을 뿐 / 그래요 전 경험주의자가 좋아요 / 무슨무슨 연극 공연장에서 적극적인 참여 어쩌구저쩌구하며 관객을 귀찮게 하는 시시껄렁한 굿판이 난 싫어요. 다른 세계를 조심스럽게 바라볼 수 있도록 가만히 좀 내버려두면 안 되나? / 미용실 같은 곳 말예요 가만히 눈을 감았다 떴을 때 달라진 자신의 헤어스타일을 보는…… / 자기 안에 숨겨진 또다른 자기 같은 거 말예요

창피하다 창피해

남자아이들이 고무줄 끊는 기술을 연마하는 동안
여자아이들은 반복해서 창피하다 창피해를 연습합니다
겨울이 얼음 강을 살금살금 지나가는데
앞니가 두 개나 빠져가지고서

솔직히와 진짜진짜를 한 백번쯤 말하던 시절에는
모든 게 무섭고 웃기는 일이었는데

엄마는 매번 깜짝 놀랄 만한 일들로 나의 앞니를 빼주었는데
새 이가 자라는 시간은 정말 끔찍이도 길었는데

달은 비밀을 주렁주렁 망토처럼 걸치고
보름이 되자마자 이지러진다
새해는 1초도 되지 않아서 올해가 됩니다

여자아이들은 창피 주는 방법을 터득하고
남자아이들은 창피를 무릅쓰는 법을 터득하고
결과적으로 모든 아이들은 창피함을 알게 되고

뚱뚱한 그녀, 혹은 비둘기에게

물론 나는 새가 무거워서 날지 못하게 되리라고는 생각지 않아. 문젠 무게가 아니라 그 무게를 들어올리려는 의지에 있어. 도도는 멸종되었고 닭은 사육되고 있어. 가령 〈길버트 그레이프〉라는 영화에서 물풍선처럼 부푼 엄마가 일층에서 이층으로 올라가는 것도 나에겐 작은 비행처럼 느껴지는 거야. 그녀의 발밑 금방이라도 으스러질 듯 신음하던 목조 계단보다 먼저 그녀는 죽어버렸지만 그것은 그녀가 감행한 일생의 모험, 낯설고 두려운 공기 위로 사뿐히 자신의 전 존재를 던지는 비행처럼 느껴지는 거야, 그녀를 운구하기 위해 곤돌라와 인부가 동원되었지만, 애초에 외출을 그만두고 정신없이 먹어대기 시작한 것은 다 슬픔 때문 아니었을까? 그녀의 운구가 빠져나온 집도 화장되지만…… 그러니까 나는 그녀도 새는 새라고 생각해. 뚱뚱한 식욕보다 무겁게 그녀를 내리누르는 중력, 슬픔. 경동시장 통 신호등 위에 앉아 지나가는 차량 위에 하릴없이 똥이나 흘려대는 비둘기들. 가학의 도시에서 나보다 먼저 시민권을 얻은 저 권태의 새, 폭력으로부터 도망치는 길 그건 타락해가는 자신을 용서하는 길뿐이야. 숙취의 아침 슈퍼마켓에서 내가 해장으로 빵 봉지를 뜯을 때, 조건반사적으로 내 슬리퍼 주변으로 딴죽거리며 모여드는 너희들에게 나는 몇 조각 빵 덩어리를 던져주며 생각해. 아주 오래전 날기를 그만둔 나의 조상님들을, 뒤통수를 긁적거리며 연신 새로운 빵 봉지를 뜯고 있을, 등에 퇴화한 날개 자국이 흉측하게 남은 내 모습을. 미친 듯

고함치는 햇볕 속에서 간신히 간신히 광기로부터 벗어나 있는, 조금씩 배가 나오려고 하는 존재.

하루키를 읽는 오후

밥통에서 푹푹 김이 뿜어져나오는 날은
창밖으로 소문 나쁜 친척처럼* 눈이 내리지
내릴 때부터 지저분한 눈들이
도로변으로 시커멓게 쌓이다 녹다를 반복하는 오후
좁은 방에서는 밥통 속의 밥알들이 끓고
밥통의 선득한 이마를 짚어보면서
나도 슬그머니 속을 끓이는 오후
내리다 멎었다 내리다를 반복하는 눈이
열린 창틈으로 슬몃슬몃 보일 때
나는 끓는 밥통 옆에서 하루키를 읽고
밥통은 옆에서 속을 끓이느라
뜨거운 김을 거칠게 뿜어올리고
창밖엔 더러운 눈이 내리고
먼 데선 또 속을 끓이며 달리는 열차 소리를 듣지
속 끓이는 소리가 안팎으로 진동을 하는 오후
이런 날이면
건물 옥상에서 투신자살하는 소년이
엄마가 쏜 총에 맞아 죽는 영화를 보고 싶지
몇 번이고 보고 싶지 그러면 소년은 몇 번이고 죽는 거지
소년은 이미 죽었으니까 아프지 않은데
맥주를 사러 나서게 되는 거지
그렇게, 첨부터 꼬이기로 작정이라도 한 듯이
나는 아직 젊고, 외롭고 여전히 무모해서
이미 불행에 빠진 소년을 몇 번이고 해방시켜주고 싶지

나는 아직도 소년을 한 번쯤은 더 죽일 수 있을 것 같지
속 끓이는 밥통 곁에서 하루키를 반으로 찢어 눕힌 채
말이지

* 무라카미 하루키의 단편 「그녀의 마을과 그녀의 면양」.

미래의 소년

안녕 나는 미래의 소년이야
나는 도마뱀의 꼬리를 가장 좋아해 너는?
가능하다면 난 삼백예순다섯 마리의 도마뱀을 키울래
그래서 매일 한 마리씩의 꼬리를 구워먹겠어
오늘의 도마뱀은 정확히 일 년 뒤에 꼬리를 주겠지

여기선 하루를 갖는 방식으로 일 년을 가질 수 있지
도마뱀의 꼬리는 금방 자라나
꼬리를 주지 않는 도마뱀들도 있어
그들은 아직 개구리가 되기 전의 올챙이일 뿐이야

천둥 번개가 치는 날이면 개구리들은 번식을 한대
개구리 양식장에서는 형광등을 껐다 켰다 하고
밤새 양철 대야를 막대로 두드린다지
천둥과 번개 속에서 개구리들은 매일매일 사랑을 나누지
안녕 미래의 개구리들! 천둥 번개의 아이들아

모든 아이들은 살아가기 위해서
무엇을 버려야 하는지를 알아야 해
그건 나의 도마뱀들이 꼬리를 자르면서 나이를 먹는 것과 같고
어쩌면 모든 이장님들이 모자를 쓰고 다니는 것과도 같아

나는 내 도마뱀들을 떠나 바다의 끝까지 가보고 싶어
바다의 끝에 가서 새로운 도마뱀들을 키우고 싶어
나는 미래의 소년으로서, 미래에도 소년으로서
그러니까 삼백예순다섯번째의 꼬리를 한 열 번쯤 먹기 전에
어른이 되기 전에

안녕 나는 미래의 소년이야
도마뱀 모자를 쓰고 다니지 내 도마뱀에게도 인사해
그럼 네게도 맛있는 도마뱀의 꼬리를 구워줄게
우리는 오늘 저녁 우리의 도마뱀들과 멋진 파티를 벌이자
함께 별을 보고 노래한다면
멋질 거야 오늘도 또 미래에도

밝은 방*

아버지가 나를 낳은 것은 서른여섯 살 때이다. 아버지의 가장 오래된 사진은 제대 기념사진이다. 지금은 이미 백발이 된 아버지가 군모를 삐딱하게 착용한 채 포즈를 취하고 있다. 전우들과 카메라 앞에 선 육군 하사 이하사는 웃고 있다. 웃는 군인의 윗입술이 V자 모양으로 패어 있다. 굵주림의 흔적만이 시간을 가로지르고 있다. 어디선가 구멍이 뚫린다. 밝은 빛이 쏟아진다.

배고픈 시절이었다. 젊은 군인의 아내는 고향에서 그를 기다리고 있다. 결혼 직후 입대한 젊은 군인은 그의 아내에게 삼 년 동안 거의 일주일 간격으로 쉬지 않고 편지를 썼다. 쉼없는 연서 때문에 아내는 시어머니로부터 눈총을 샀고, 또 너무 바빠서 답장조차 쓸 수 없었지만, 새벽부터 밤까지 고된 일로 허리가 녹을 젊은 아내의 눈매를 그리며 편지를 썼다. 그들이 함께 아이를 낳아 키우고, 누에를 치고, 논을 갈고, 그리고 함께 배가 고픈, 노랗게 바랜 시간들

아무도 부모의 어린 시절을 만날 수는 없다. 내가 존재하지 않는 시간, 스물여섯 살의 젊은 군인이 사진 속에서 웃고 있다. 도대체 이 밝은 빛은 어디서 뿜어져나오는 것인가.

* 롤랑 바르트, 『카메라 루시다』.

배드민턴 다이얼로그

그녀와 함께 배드민턴을 배워요
그녀는 이제 손목을 쓸 줄 알아요
힘을 집중하는 거죠
같은 동작 속에 다른 포인트
동작의 응용

빠른 속력으로 날아왔다가 떨어져내리는
셔틀콕의 움직임이 이 경기의 묘미죠
슬로 슬로 퀵, 슬로 슬로 퀵
여유작작 땅에 처박히기 직전
셔틀콕을 끌어올리는 동작은
그녀의 전매특허입니다
손목, 발목, 동작들은 경쾌해요

오늘은 바람이 불고 있습니다
바람을 안고 혹은 바람을 등지고
바람을 헤집어 셔틀콕을 날려보냅니다
셔틀콕이 그리는 것은 바람의 그래프
출렁거리는 파도의 잔등 같습니다
하고 싶은 말이 뭐죠?
가장 멀리 에돌아가는 나의 질문에 대한 그녀의 물음
바람이 게임을 중단시킬 때까지
슬로 퀵, 슬로 슬로 퀵

3부

꼬리

—용의자 P

내 이야기 속에 살고 있는 마녀에 대해 들어볼 테야?
일종의 도루 같은 거야 생각을 훔치는 것
비약적인 점프가 이루어지기도 하지
말과 생각 사이로 마녀가 들어오는 바람에
말의 꼬리를 놓치고 마는 거야
그러니까 꼬리는 일종의 물증이라고 할 수 있어
그건 마치
반바지 아래로 높게 올라와 있는 양말과 같아
바바리 맨의 알몸 그리고 검정 양말

마녀에게 꼬리가 있을 거라는 상상은 공상이 아냐
특별한 사람에겐 특별한 무엇인가가 있지
마녀로 지목된 여자들은 제일 먼저 발가벗겨지고
꼬리 검사를 받았어 물론 다음 수순
그녀들은 줄곧 꼬리를 어떻게 감추었냐고 고문받았지만

시장통으로 유유히 사라지는 용의자처럼
그때 거기만큼 뛰어가서 언제나 보는 것은
빗자루에 올라탄 그녀의 엉덩이뿐
삼십분의 일 프레임으로 지나가는 코카콜라 광고처럼
본 것 같고, 분명히 뭐라고 말하려고 했는데
입산 수련자들은 계속해서 알몸 요괴를 보았다고 하고
이 동네엔 가끔씩 인도코끼리가 민가로 들이닥치곤 해
한 삼십분의일 프레임 정도로

아이스크림과 늑대

도망을 이해하려면 말야
아이스크림을 봐
표정을 바꾸는 변검술사의 손놀림처럼
재빠르게, 혹은 보이지 않을 만큼 미세하게
무언가가 빠져나가고 있지
아이스크림이 녹지
아이스크림은 포효하고
아이스크림은 분노하고
아이스크림은 자살 협박을 하고
아이스크림은 녹아내려

아이스크림은 도망을 이해할 수 있지
동물원을 탈주한 늑대처럼
아이스크림은 도주하지
아이스크림은 사라지지
가령, 날렵한 혓바닥은
흔적을 지우면서 헤엄치는 물고기들의 꼬리 같아
도망을 이해한다면 당신은 늑대
어둠 속에서 두 개의 눈을 밝히겠지
늑대들은 새빨간 혓바닥으로 새빨간 거짓말을 하고
거짓말처럼 아이스크림은 녹아내리지

잽싼 손놀림을 가질 수 있다면
나는 완전히 투명에 가까워질 수 있지

잠시 흔들렸다가 원래의 모양으로 돌아오는 물주름
어느 날 위치가 바뀌어 있는 책상 위의 물건들처럼
혹은 아이스크림처럼, 또 늑대처럼 나는 사라지지

찰리의 저녁식사

고기 살이 구두 밑창 같다는 말
이건 유머다 나는 유머에 대해 생각한다
강력한 이빨을 가진 자만이, 가령 악어나
사자만이 유머를 가질 수 있다 물어봐
물어봐 하다가 정말 꽉 물어버릴 수 있는,
물어버릴지 모르는 자들의 것이다 유머는.
사자와 악어의 유머 또는 단단한 이를 가진 자만이
찰리의 저녁에 초대될 것이다

실에 묶인 이가 빠질 때 울다가 웃음을 터트리는 아이들처럼
그들은 구두 밑창으로 수프를 끓여 마실 수 있는 천사들이다
웃음과 울음의 광포한 섭정이 그들의 오후를 견인한다
진지함을 입가에 잔뜩 묻히고서는 경쾌한 키스를 할 수 없다구,
나는 상상한다 아름다운 저녁 식탁과 적당한 허기,
수프를 둥글게 저어가면서 만족스러운 표정에 젖는
나의 찰리, 나의 요리사, 오늘 저녁 메뉴는 구두 밑창 수프

어쩌면 나의 찰리는 평범한 만찬을 준비할 것이고,
버릴 데가 없다는 듯이 구두 밑창을 씹고 또 쪽쪽 핥는
미식가들을 위해 저녁을 차릴 것이고,

나와 찰리와 유머를 사랑하는 사람들은
황금의 식탁에 둘러앉아 참을 수 없는 식욕을 느낄 것이다
구두 밑창으로 살인적인 냄새를 피우는 고기 수프 끓이기
오 나의 찰리는 조심스럽게 생선살을 발라내듯이
구두 핀을 입에서 뽑아낸다 자랑스러운 나의 찰리
"오, 정말 달콤한 냄새군요" 찰리와 눈물겨운 저녁을
평범함만으로도 눈물에 겨운, 우리의 저녁식사, 오 나의 찰리

이것은 유머에 관한 이야기지만
사랑과 정겨움이 넘치는 식사에 관한 이야기지만
당신이 아직 유머를 갖지 못했다면, 감히 권한다
단련될 것을, 푸르뎅뎅한 독이 살 속으로 파고들 때까지
이건 유머를 갖기까지의 이야기다

모래알은 반짝

인정사정없이 깨진 것들은 눈부시다
인정사정 안 봐주고 부서뜨리는 파괴자들을 비웃는
햇살은 지금 찬란하다

부서지는 것들은 부서지는 것들의 노래로 챙챙
햇볕은 지금 깨어지는 것쯤은 걱정 없지
조립은 분해의 역순이니까

부서지는 것들 파기된 것들은 모두 찬란하다
도공들은 빚어 구운 그릇을 망치로 내려치고
연인들은 헤어지면서 사랑을 이해하고
지도는 만들어지면서부터 틀리기 시작하고

손깍지를 풀면서 기도는 완성된다
탈영병들은 노래한다
총성처럼 울려퍼지는 사랑

분해는 조립의 역순이라고 가르치지 않듯
되돌릴 수 없는 것들의 노래만이 찬란하다
그런데 깨진 유리병들은
어디에 저렇게 많은 금들을 감추고 있었을까

타이어

비명을 내지르면서 타이어는 기억을 잃는다
타이어는 조금 더 작은 동그라미가 되고
겁에 질린 아이의 동그랗게 열린 눈

비명을 지르면서 여자들은 엄마가 되고
아이들은 아이가 된다
몇 차례의 비명을 통해
저렇게 많은 주름을 갖게 된 것일까?
오늘 노인들은 경쾌하고,
웃음은 새털구름처럼 잔잔하다

웃음 속에서 따로따로였던 주름들이 이어진다
주름의 끝에서 똑, 떨어질 것 같은
또 하나의 비명은 언제나 위태롭다

누구나 고함소리를 들으며 어른이 되지만

귀가 어두운 노인들은
고함을 지르다가 멈춰 서버린다
둥글게 둥글게 닳아간다

게으름에 대한 찬양

뻔뻔스럽군요 부끄럽지 않은가요
당신은 이 박 삼 일 동안 내리 잠만 잤어요
그리고 배가 고프겠죠
사막은 이제 지겨워요
새마을운동을 하든지 뭐든 좀 해봐요
하다못해 싸움이라도 좀 하든가!

밥보다 잠!
여보 당신도 잘 알겠지만
난 이 쑤실 시간조차 없이 바빴어
하루가 스물네 시간이라는 것은 어처구니없군

이 동네는 주차할 데가 없어

집 앞 소방도로가 자기 땅인 것처럼
차 빼라고 고래 심줄을 따던,
좋은 말로 설득하려는 젊은이를 꼭 청맹과니 취급하던
그 노인은 수석에도 조예가 깊었는데
굴러온 돌이 박힌 돌을 파낸다고

이사하면서 차에 본드라도 부어주고 오고 싶었던
그 사람 생각이 종종 난다
좀처럼 웃는 얼굴을 보지 못했는데
불편함으로 기억되는 사람
그런 사람은 내가 아니었을까

그 노인 죽지나 않았을까 하는 생각이
속 좁은 걱정이기도 하고 바람이기도 할 때
문득 그 사람이 자기 차고에 화분을 키웠던 사람
그것도 유독 가시 많은 화분들만 키웠던 사람
물을 적게 줘도 사는 생명들만 키웠던 사람이란
생각이 들곤 한다

중추(仲秋) 부근

양계장집 사내는 대머리
벌어진 어깨 근육이 잘 발달된 사내는
예순 가까운 나이가 무색할 만큼 건장하다
사내는 양계장 옆에 개를 키울 생각이다
충성스러운 동물들은 밤마다 컹컹 짖어댈 것이다
인부들과 함께 새로 들여온 자재를 옮기다
우리를 보자 반가운 얼굴로 뛰어오는
사내의 얼굴과 몸이 땀에 젖었다

스물넷인가 그쯤
사내의 아들이 아파트에서 뛰어내렸다
외출했다가 돌아오는 일요일 오후
웅성거리는 사람들 사이로 사내와 사내의 아내는
거적을 둘러쓴 하얀 맨발을 보았고 지나쳤을 뿐
검은 제복을 입은 불안이 초인종을 누를 때까지
사내는 아무것도 짐작할 수 없었다
젊은 경찰관이 찾아왔을 때 그제야 사내는
현관에 놓여 있는 아들의 신발을 보았다
이미 차갑게 얼어붙은 아들이
이제 제 그림자를 어둠 속으로 풀어놓기 시작하는 나무 곁에서
떨어졌을 때의 모습 그대로 놓여 있었다
사내도 사내의 아들도 외아들이었다

십 년 가까운 시간이 흘렀다
키워서 죽이기 위해
사내는 닭을 키우고 다시 개를 키울 것이다
작업중인 사내의 대머리에서 연신 땀방울이 샘솟는다
고인 땀들이 사내의 눈고랑을 파고드는지
약간 찡그린 웃음으로 사내는 악수를 받았다
조카는 서울에서 공부한다면서?
그래 건강이 최고다 잘 지내라
이거 어제 걷은 건데 신선할 거야
건네진 달걀들은 오와 열을 잘 맞추고 가지런하다
중추절이 가까운 가을의 햇살은 눈부시고 따갑고
사내의 머리에선 연신 땀이 솟고
사내는 눈가를 자꾸 훔친다
돌아서는 사내의 뒤통수가 계란과 닮았다

경계에서

애인은 찢긴 비닐처럼 휘날리고
이제 가을은 상처가 깊다
끝까지 간 사랑은 아프지 않다
애인은 얼굴이 자주 굳는다
표정을 잘 숨기지 못한다
벼랑이 가까이 있다는 증거다

가을 가뭄에 여윈 백담계곡의 물빛은
하늘을 옮겨놓은 것처럼 푸르다
푸르다는 것은 한없이 깊다는 말 같다
하늘이 물속으로 스미듯
한없이 걸어들어갈 수 있을 것 같다
깊다는 말 속에도 벼랑이 선다
벼랑이란 말 주변으로 중력이 미끄러진다
중력을 이기지 못한 웃음들 눈물들이 미끄러진다
벼랑을 곁에 두고
애인이 웃는다
노랗게 빨갛게 웃는다
활짝 웃다가도 금세 낯빛이 굳는 애인
애인이 모든 나무에서 떨어져내린다

단풍길

단풍 구경 오세요 제 몸은 지금 단풍이 한창이랍니다 도봉산 계곡을 따라 내려오는 길 은행나무에서 노랑나비 수천만 마리가 날개 접고 떨어집니다 나비들이 매달려 있던 자리엔 널찍하게 저녁 어둠 다가들고요 갑작스레 차가워진 공기에 나무들도 노랗게 빨갛게 받은기침 토해내고요 그게 다 감기의 일종이라 그 산에 가면 다 감염되고요 온 산을 다 지고 내려오느라 이내 다리들은 비틀거립니다 목줄기를 시원하게 적시는 한 됫박 막걸리에 붉어집니다 새빨간 산수유 씨톨까지 붉어졌을 때 앞가슴을 부풀리는 바람에 낙엽들은 이리저리 구르고요 저녁 해처럼 귀가를 서두르고요 어둠이 입산 금지처럼 다가서는 때 막차처럼 막차처럼 집으로 돌아가는, 당신은 오랜만에 얼굴을 붉혀봅니다

풍란의 귀

구르는 성자

어느 날 문득 사내는 계시받았다
캘커타에서 델리로 내륙을 시계 방향으로 감아 돌았다
몸을 굴리며 지나가는 수도자에게 마을 사람들은
꽃을 뿌리며 성자의 칭호를 주었지만,
무릎과 팔꿈치가 벗겨진 성자에게 밥을 떠먹이고
길목마다 기다렸다가 꽃을 뿌리며 구복하는 자들은
성자의 다른 현세를 살고 있는 수드라들이다

사막과 언덕과 계단과 강의 맹목이 눈부시다
사막과 언덕과 계단과 강을 가로지르는
성자의 몸속에서 현세와 내세가 원심 분리중이다
맹목이 다른 맹목의 살갗을 찢고 무릎과 팔꿈치를 부순다
오늘 흘러간 갠지스 강물의 맹목이 영원만을 보듯이
팔꿈치가 나가고 무릎이 터질 때만 볼 수 있는 피안이 있다
배고픔보다, 살갗이 찢기는 고통보다 더 완강한 피안의 이쪽에서
성자는 몸을 굴리고 영원보다 더 긴 갠지스가 흘러간다

풍란의 귀

제 주인의 발소리를 기억하는 난(蘭)이 있다
설명할 수 없을 때 맹목은 더욱 견고해진다

나는 맹목에 가담하여, 성스러움에 가담하여,
제 주인의 발소리를 안다는 난을 생각한다
풍란의 귀는 없는 현재이거나 있을지도 모르는 현재이다
풍란의 귀는 둥글고 납작하다 풍란은 온몸이 귀다
나는 소리로 인사하는 세계를 오래 꿈꾸어왔다

피안의 이쪽에선 언제나 눈이 먼저 아프고 배가 먼저 고프다

춘설(春雪)

죽음은 늘 기억의 문제다

경칩 지나 내린 첫 봄비가
하얀 눈싸라기로 흩어지기 시작한다
소란스레 내리던 싸락눈들 두터워지면
어딘가로 이끌리듯 건물의 어깨가 지워진다
기억은 이런 식으로 날개를 달았던 것
버젓이 육안으로 시계(視界)를 잃는,
거대한 눈보라가 밀려오는 저녁의 창가

오랜 벗의 부친상 사십구재
어른이 돌아가시던 날
시계 오 미터 안팎을 가로막던
거대한 눈보라처럼
깊어가는 저녁의 어둠 속
중유(中有)*에 머물듯 창에 매달린 눈들
창 이쪽엔 눈물이 어린다.

나는 아직 한 번도
죽은 사람의 얼굴을 본 적이 없다
벗은 그저 슬쩍 웃을 뿐인데
젊은 아들의 웃음 위에 겹쳐지는
익숙한 표정은 누구의 것인가

* 사유(四有)의 하나. 사람이 죽어서 다음의 생(生)을 받을 때까지의 기간.

술 권하는 사회

도봉구 지중선 교체 작업장의 박씨는 오늘도 술을 마시네
마시는 양도 늘 똑같아서 한 번에 유리컵으로 네 잔이네
아침에 일어나자마자 두 병, 점심에 두 병, 저녁에 두 병
술로 잠을 깨고 술로 일하고 술로 잠드네
전기 노동자 박씨의 하루 주량은 여섯 병이네
매일같이 박씨는 여섯 병의 소주를 마시고
소주 여섯 병으로 점철된 몇 해가 지나네
박씨를 진찰한 병원의 내과의는
박씨가 앞으로 한 오 년 정도 살 수 있을 거라네
하지만 술을 끊으면 한 달도 넘기지 못할 거라네
술을 마시지 않는 상태를 몸이 견디지 못한다는 것이네
예순은 훌쩍 돼 보이는 얼굴의 박씨는 이제 오십이네
다른 인부들도, 가족들도, 담당 의사도 술을 권하네
조금씩을 권해도 아랑곳없이 박씨는 술을 마시네
그때마다 술추렴에 웃는 박씨 윗앞니 둘이 없네
문짝 떨어진 대문처럼 뭉뚝한 송곳니만 좌우로 비껴 있네
평생 작업복이 외출복이었던 박씨
소문엔 서울에 사놓은 몇 채의 빌딩이 있고
장성한 자식들과 함께 늙어가는 아내도 있다지만
술 없인 말수도 적고 일밖에 할 줄 모르는 박씨에게
술이 없다면 사는 재미는 없네
산다는 게 뭔지 도무지 알 수 없을 때 배운 술

자식들 장성하고 나서부턴 아주 살붙이를 삼았네
이젠 눈이 침침해지고 손도 떨리는데
나이 오십의 전기 노동자 박씨는 전신주를 오르네
지천명의 박씨에겐 술이 천명이네
올라야 할 전신주가 있는 한
박씨는 술을 마시고 삶은 계속된다네

그 집 앞 능소화

1

이를테면 제 집 앞뜰에 능소화를 심은 사람의 마음이 그러했을 것이다. 여름날에, 우리는 후드득 지는 소나기를 피해 어느 집 담장 아래서 다리쉼을 하고, 모든 적막을 뚫고 한바탕의 소요가 휩쓸고 갈 때, 어사화 같은 능소화꽃 휘어져 휘몰아치고 있을 때,

그랬을 것이다. 우리는 그 집의 좋은 향기에 가만히 코를 맡기고 잠시 즐겁다.

능소화꽃 휘어진 줄기 흔들리면,

나는 알고 있다. 방금 내가 꿈처럼, 혹 무엇처럼 잠시 다녀온 듯도 한 세상을.

2

말 걸어오지 않는 세상을 향한 말 걸기.
언뜻언뜻 바람을 틈타고 와
확, 뿜어져나오는 향기란
아무것도 예비할 수 없었던 도난 사고처럼
툭, 어깨 치며 떠난 자에게서 후발되는 것.
뒤숭숭한 꿈자리처럼
파편적인 기억 속에서
징후로만 읽히는 것.
그러나, 감추어진 것을 향한 나의 짐작은 두렵다.
다 익었다는 것 속엔 무언가가 감추어져 있다.
열매도 없는 화초의 지독한 향기.

급소를 중심으로 썩어가는 맹독성
꽃은 향기 속에 늘 부패의 경고를 담는다.

모든 향기의 끝에는 죽음이 도사리고 있다.

피터팬과 몽상가들의 외출

얼굴이 바뀌는 순간을 우리는 폭풍이라고 불러
우리가 그날 밤 조금 격렬해지기 전이나
또는 강물의 표정 따위까지 읽을 수 있다고 오만해지기 전에
폭풍, 폭풍, 폭풍, 당신은 오늘 얼굴을 자주 바꾸는군

일기(日氣)와 사람의 마음은 어떤 곡선을 그리면서 비껴갈까
폭풍이 잦은 나날이야 적대적인 공간들을 자주 만나지
새벽에 만난 택시 기사는 노골적인 훈계와 고약한 솜씨를 자랑하지
뒷좌석에 앉은 당신은 아마 폭풍, 폭풍, 폭풍, 폭풍,
깨져나갈 듯한 두통과 모든 것을 다 역류시키고 싶은.

우리는 함께, 손을 꼭 쥐고 있는 다락방의 남매들처럼
손아귀 아래로 물기를 만들어냈어 완전히 비틀린 빨래 같았어
적대적인 공간에선 놀란 표정을 지어야 할까 아님 어이없음?
좀 익숙한 마법이긴 하지, 이건 정말 없던 것을 만들어내는 거니까
택시에서 내려서 우리는 비로소 녹아내리기 시작했지
아이스크림의 시간이야 냉방차 속에서 우리는 미라가 되어

폭풍 폭풍 폭풍

애꾸눈 후크는 갈고리를 하고
운전대를 잡고 우릴 어디까지라도 몰고 가지
성난 바람과 신경질적인 머리카락들이 서로를 할퀴는
군
폭풍이 몰려오고 있어
당신과 나는 유괴된 아이처럼 얌전히 앉아 있었지

태풍은 북상중

1

어제와 오늘 사이,

입추가 지났어도 오늘은 말복인데

어느 틈엔가 쌀쌀해진 저녁의 공기와 한낮의 아스팔트 위로 바싹 다가서는 그림자들과 대로변까지 뻗친 가게의 파라솔들과 파라솔에 앉아 저녁의 한때를 술추렴하는 사내들과 사내들의 애인과 친구들과 불콰한 얼굴과 격앙된 목소리들과 또한 오늘로 끝나지 않을 행·불행과 흥에 겨운 노랫가락과 자동차들의 경적과 무관하게, 아무 일 없다는 듯 태연하게 해가 뜨고 지고, 해가 뜨고 지고,

어쩌면 오늘 하루 천 명의 아들딸들이 가출 직전에 있고 사실로는 단 한 명이 가출을 감행했을지라도 국회의사당을 지나던 비둘기들이 똥을 찍 갈겨대더라도 새똥을 맞은 의원님이 국회의사당 위의 새들에게 경범죄를 묻는 법안을 통과시키더라도

냉정을 가장한 무관심과 열정을 사칭한 폭력이 귓전을 뚫고 눈을 쑤시는 밤의 거리에

바람은 불어오고 아직은 폭풍 전야의 고요 속에서

연인들은 상대적이고 다원적으로 포옹하지

포옹의 조건이 호러 무비가 되는 것처럼

내일이면 태풍이 몰려올 것이므로

점령군처럼 몰려들 것이므로

TV와 신문들은 안전시설의 허약성을 역설하지

기아에 허덕이는 아프리카와 북한의 아이들과

전쟁으로 불구가 된 이라크의 시민들의 안녕과
시민들의 무장봉기와 반미감정보다도 거세게
지금은 태풍이 북상중이지
모든 지형도 위에 현실적으로 태풍이 불어닥칠 것이지

2
오늘은 금요일 밤
바람이 불지
온다고만 하고 번번이 방향을 바꾸는 태풍이 북상중인
지
바람은 이 골목의 남쪽과 동쪽 벽을 후려쳐대고 있지
이런 밤이면 우리는 어디로든 떠날 수 있지
언젠가 폭주족들이 수십 대의 차량을 이끌고
도로 이편과 저편을 점령한 채 질주할 때,
진정한 폭주족인 이 도시의 택시들과 승용차들은
점잖게 차를 세울 수밖에 없었는데
손가락 사이로 물줄기들이 빠져나가듯
멈춰 선 차량들을 기만하며 유유히 빠져나갔지
그것도 반드시 자정을 넘어 새벽 한시를 향해 가는
금요일도 토요일도 아닌 밤 사이에, 금요일 밤에
모든 그로테스크한 표정 너머로
안전하게 감춰진 이러한 역주행주의자들을 데리고
우리는 언제라도 떠날 수가 있지
가까운 슈퍼마켓이라도 털어 몇 개의 술병처럼 비틀거

릴 수 있지
비워가면서 또는 채워가면서 중심을 잃는 거지
개중의 몇은 대단히 실험적으로 눈을 감고 핸들을 놓아버렸을 수도 있겠지
그들이 로큰롤주의자가 아니듯 나는 조금 걷기 위해 길을 나선 것인지도 모르는데 이러한 밤에, 그것도 금요일 밤에
나나, 너나, 또다른 불특정 다수가 너무나도 주저 없이
권총 한 자루를 탈취할 수도 있는 밤에
바람 부는 밤에
태풍이 북상중인 밤에
모든 것을 멈춰 세울 수 없는 밤에
무정부주의자들은 어디로 갔을까?
태풍은 어디쯤 오고 있을까?

모든 것에 대해 긍정하는 마음을
당신은 설탕에게서 배울 것인가?

행복해지고 싶어서 이를 썩힐 것인가?
막대사탕을 들고 낙관하는 자의 썩은 이빨
중심이 썩어들어가는 고통 위에 단맛을 뿌려주면서
—가령, 우리는 때때로 다투기도 했지만
　사이좋게 늙어갔고 그리고 이를 썩혔다
이것은 막대사탕을 쥐고 산 자의 묘비명이다
다음의 것은 그의 일기
—생니를 뽑을 듯한 감정들은 모두
　치석처럼 미소 뒤에 단단하게 붙었다

최초의 관객

인간이 처음 그린 그림은 동물이었고
최초의 안료는 동물의 피였다

맨 처음 보았던 것
라시오타역으로 열차가 돌진해올 때*
사람들은 극장 밖으로 뛰쳐나왔다

맨 나중에 보았던 것
비명마저도 굳어 돌덩이가 되어갈 때
메두사는 방패 속에서 무엇을 보았는가

* 뤼미에르 형제의 영화 에피소드의 하나. 초당 16프레임으로 움직임을 구현했다.

철거 시대

집 근처 골목에서 꽁꽁 언 눈들을 노파 둘이서 망치와 곡괭이로 찍어대고 있다. 가장자리부터 눈덩이들을 쪼아 떼낸다. 녹지 않는 눈 때문에 겨우내 노인들은 좀처럼 미간의 주름을 펴지 못했다. 활빙을 거듭하는 얼음들이 미끌, 응달진 곳에서 가만히 노인들의 발목을 잡았다. 날 풀리면 녹겠거니 안심하면 다시 얼어붙으면서 더욱 단단해졌다. 응달진 곳의 눈들은 원래 물이 아니라 그림자가 성분이라는 듯 녹지 않았다. 더욱 납작하게 웅크렸다. 한나절 작업이라도 되는 양, 노파의 망치질과 곡괭이질이 야금야금 응달을 걷어내고 있다. 거북처럼 배가 뒤집힌 얼음조각들이 때 절은 누비이불 솜처럼 펼쳐져 있다.

지금 양지에서 녹아 하수구로 흘러들어갈 눈들이 내년이면 다시 돌아올 것이다. 내년에도 노파들이 힘에 겨워하며 망치와 곡괭이를 들고 나올 것이다. 그랬으면 좋겠다.

문학동네포에지 020

아이스크림과 늑대

초판 인쇄 2021년 3월 23일
초판 발행 2021년 3월 30일

지은이—이현승
책임편집—유성원
편집—김민정 김필균 김동휘 송원경
표지 디자인—이기준 김이정
본문 디자인—유현아
마케팅—정민호 김도윤 최원석
홍보—김희숙 김상만 함유지 김현지 이소정 이미희 박지원
제작—강신은 김동욱 임현식
제작처—영신사

펴낸곳—(주)문학동네
펴낸이—염현숙
출판등록—1993년 10월 22일 제406-2003-000045호
주소—10881 경기도 파주시 회동길 210
전자우편—editor@munhak.com
대표전화—031-955-8888 / 팩스—031-955-8855
문의전화—031-955-3570(마케팅), 031-955-8865(편집)
문학동네카페—cafe.naver.com/mhdn
트위터—@munhakdongne
북클럽문학동네—bookclubmunhak.com

ISBN 978-89-546-7780-6 03810

www.munhak.com

문학동네